P.-M.-Émile Bère

Questions Imposées

Présentée et publiquement soutenue à la Faculté
de Médecine de Montpellier, août 1838, pour
obtenir le grade de docteur en médecine.

P.-M.-Émile Bère

Questions Imposées

Présentée et publiquement soutenue à la Faculté de Médecine de Montpellier, août 1838, pour obtenir le grade de docteur en médecine.

Réimpression inchangée de l'édition originale de 1838.

1ère édition 2024 | ISBN: 978-3-38509-519-9

Verlag (Éditeur): Outlook Verlag GmbH, Zeilweg 44, 60439 Frankfurt, Deutschland
Vertretungsberechtigt (Représentant autorisé): E. Roepke, Zeilweg 44, 60439 Frankfurt, Deutschland
Druck (Imprimerie): Libri Plureos GmbH, Friedensallee 273, 22763 Hamburg, Deutschland

Faculté de Médecine

DE MONTPELLIER.

PROFESSEURS.

MESSIEURS :	MESSIEURS :
CAIZERGUES, Doyen, *Suppl.*	GOLFIN.
BROUSSONNET.	RIBES.
LORDAT.	RECH.
DELILE.	SERRE, Prés.
LALLEMAND.	BÉRARD.
DUPORTAL.	RENÉ.
DUBRUEIL, *Exam.*	RISUENO D'AMADOR.
DELMAS.	ESTOR.

PROFESSEUR HONORAIRE.

M. Aug.-Pyr. DE CANDOLLE.

AGRÉGÉS EN EXERCICE.

VIGUIER, *Examinateur.*	BOURQUENOD.
KÜHNHOLTZ, *Examinateur.*	FAGES.
BERTIN.	BATIGNE.
BROUSSONNET.	POURCHE.
TOUCHY.	BERTRAND.
DELMAS, *Suppléant.*	POUZIN.
VAILHÉ.	SAISSET.

fig. 1.

fig. 2.

fig. 3.

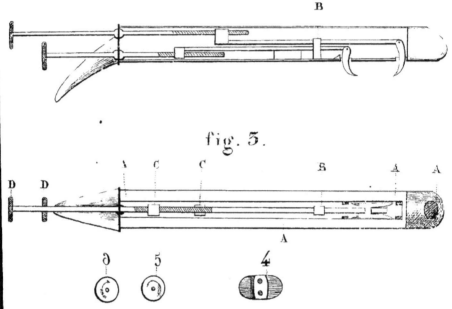

fig. 1. Coupe verticale de la Sonde avant son application.

.... 2. Coupe verticale de la Sonde après son application.

.... 3. Coupe horizontale de la Sonde avant son application, les crochets supérieurs recouvrent
les inférieurs.

.... 4. Coupe transversale de la Sonde.

.... 5. Bouton de la vis supérieure marqué d'une flèche

.... 6. Bouton de la vis inférieure marqué ....idem.

A.A.A.A. Espace qui doit livrer passage à l'urine.

B.B.B. Bracelet servant à tenir les tiges rapprochées

C.C. Ecrous des tiges supérieure et inférieure.

D.D. Boutons des vis supérieure et inférieure.

QUESTIONS IMPOSÉES.

DES FIÈVRES RÉMITTENTES. — Des cas dans lesquels elles se rattachent aux fièvres continues; des cas dans lesquels elles se rattachent aux fièvres intermittentes.

La respiration peut-elle continuer après une ouverture faite aux deux côtés de la poitrine; dans quels cas et par quelle cause?

Quel est le mode de terminaison des nerfs de la première paire dans les fosses nasales?

Des divers moyens qui ont été conseillés pour combattre les vomissemens qui surviennent pendant la grossesse; de leur valeur thérapeutique.

THÈSE

Présentée et publiquement soutenue à la Faculté

DE MÉDECINE DE MONTPELLIER, LE   AOUT 1838;

Par P.-M.-Émile BÈRE,

de Nérac (*Lot-et-Garonne*),

EX-ÉLÈVE DES HOPITAUX DE PARIS.

POUR OBTENIR LE GRADE DE DOCTEUR EN MÉDECINE.

Montpellier.

Imprimerie de BOEHM et Cⁱᵉ. et Lithographie, boulevard Jeu-de-Paume.

—

1838.

A mon Père

&

A MA MÈRE.

Amour, reconnaissance.

A mon oncle SALANAVE,

DOCTEUR EN MÉDECINE.

Amitié.

E. BÈRE.

PREMIÈRE QUESTION.

La respiration peut-elle continuer après l'ouverture des deux côtés de la poitrine; dans quels cas, par quelle cause?

Pour résoudre ce problème, qui naguère était le sujet de litige de la part de nos physiologistes, il faut d'abord le réduire à sa plus grande simplicité, en élaguant ses complications, et ne s'occuper de ces dernières, que lorsqu'un résultat certain peut nous servir de guide dans les recherches ultérieures : telle est la marche que nous suivrons pour répondre à cette question. Pour bien apprécier jusqu'à quel point l'ouverture des deux côtés de la poitrine peut permettre la continuation de l'acte respiratoire ; pour discerner les cas où il aura lieu, des cas où il sera impossible ; pour indiquer, enfin, les causes ou les circonstances favorables à la persistance de la respiration, il est nécessaire, avant tout, de rechercher la puissance qui préside à cette fonction, d'étudier son mécanisme, soit de la part du poumon, soit de la part de la poitrine. La cage osseuse du thorax jouit de mouvemens variés, dont l'appréciation demande l'étude des puissances qui la mettent en jeu. D'abord, les muscles qui ont peut-être fixé le plus l'attention des physiologistes, les intercostaux, présentent peu de hauteur ; mais leur étendue transversale et leur nombre leur donnent une grande importance dans la mobilité du thorax. Hamberger prétendait que les muscles intercostaux externes étaient seuls inspirateurs, et favorisaient l'entrée de l'air dans les poumons, en élevant et écartant les côtes; tandis qu'il considérait les intercostaux internes comme seulement expirateurs, ou concourant à chasser l'air contenu dans le poumon. Depuis les recherches de cet auteur et ses discussions avec Haller, qui ne partageait point cette doctrine, il a été reconnu par des physiologistes, tels que Sabatier, Magendie, Richerand, que tous les intercostaux concouraient uniquement à la dilatation de la poitrine. Examinons quel peut être le mouvement que ces muscles impriment aux côtes. Sabatier, dans son travail sur les mouvemens des côtes et des muscles intercostaux, prétend que les côtes supérieures montent, que les inférieures descendent, que les moyennes, enfin, se dilatent presque transversalement. Il fonde sa manière de voir sur l'examen anatomique des articulations costo-vertébrales, dans lesquelles on voit les facettes articulaires des premières articulations se diriger en haut, et celles des articulations inférieures se diriger en bas. Nous croyons que la direction des côtes est uniforme, et que toutes se dirigent en haut; et c'est surtout sur les sujets maigres que l'on peut voir cette disposition. Dans le même temps que les intercostaux exécutent un mouvement d'élévation, ils en présentent un autre de bascule sur leur axe transversal; ce qui fait que les espaces qui les séparent, diminuent en hauteur. Les cartilages costaux, plus flexibles encore, se prêtent à une espèce de torsion favorable aux deux mouvemens que nous venons d'examiner.

Un muscle non moins puissant que ceux dont il a été question, occupe la base de la poitrine et sépare cette cavité de celle du ventre. Placé presque horizontalement à la partie inférieure des côtes auxquelles il prend insertion, le diaphragme agit comme puissance d'inspiration et d'expiration; en effet, il s'abaisse et s'élève alternativement, et concourt d'autant plus à l'acte respiratoire, que les forces situées autour du thorax sont moins actives. En rapport avec la base des poumons, il peut, en rendant sa face supérieure de plus en plus convexe, refouler les organes pulmonaires en haut; et, par cette pression verticale, chasser l'air qu'ils contiennent dans leurs tubes; abaissant ensuite la courbe qu'il forme dans la cavité thoracique, il attire à lui la base des poumons qui s'étendent d'autant plus vers l'abdomen, que lui-même s'y abaisse davantage, en projetant devant lui les viscères du ventre, dont la paroi antérieure acquiert alors une saillie très-marquée. L'on conçoit, en voyant les nombreux points d'attache de cette cloison musculaire, sa position favorable entre deux cavités, comment tous les physiologistes s'accordent à faire jouer un grand rôle au diaphragme dans le mécanisme de la respiration ; et les faits pratiques nous prouvent qu'il peut encore , à lui seul , entretenir cette fonction , lorsque les autres forces motrices viennent à manquer. A la surface du thorax viennent s'attacher beaucoup d'autres muscles , dont l'influence sur le mécanisme de la respiration ne doit pas être négligée. Il existe à la partie antérieure de chaque côté de la poitrine , deux muscles pectoraux , dont le volume et la force expliquent la puissance d'action. Le grand pectoral , par son insertion moyenne surtout , sert à élever le sternum et à augmenter ainsi la capacité antéro-postérieure de la poitrine. A la partie postérieure du dos se trouvent des muscles volumineux , qui , par leur union aux côtes et aux vertèbres , concourent à la dilatation postérieure du thorax , et au mouvement de bascule exécuté par les côtes dans leur jonction avec les vertèbres. Ces mouvemens sont , d'après MM. Magendie et Bouvier , bien plus marqués dans les premières côtes , en raison de la mobilité plus grande des articulations costo-vertébrales supérieures ; ces mouvemens postérieurs du thorax sont favorisés par le volume et la force des muscles sacro-lombaires qui forment un faisceau désigné sous le nom de sacro-spinal par Chaussier. Nous trouvons encore dans cette région les grands dentelés , les petits dentelés , le grand dorsal , le trapèze , le rhomboïde , etc. ; enfin , il existe à la partie supérieure de la poitrine , les deux scalènes , le sterno-cléido-mastoïdien , le sous-clavier , le sterno-hyoïdien et l'hyo-ioïdien , qui , par leur union à la cage du thorax , concourent au mécanisme de la respiration.

Tous ces muscles , dont nous venons de parler , n'agissent pas seulement dans ce but ; quelques-uns d'entre eux , remarquables par leur volume et leur puissance , ont aussi , d'autres usages : tels que de mouvoir les bras , de diriger la colonne vertébrale , etc., à l'exception cependant des muscles intercostaux et sur-costaux , le triangulaire du sternum , le sous-clavier et le diaphragme , qui sont spécialement affectés au mécanisme du thorax , et , par conséquent , de la respiration. Presque tous les physiologistes ont placé les puissances actives du mécanisme respiratoire dans les divers organes dont nous parlons : les uns , cependant , d'une manière exclusive ; les autres d'une manière partielle. L'opinion de ces derniers nous paraît

avoir plus de fondement. Il existe d'autres moyens d'accomplir ou de favo-
riser l'acte respiratoire, si enfin les poumons, comme certains l'ont prétendu, possèdent par eux-mêmes une puissance suffisante. Quand on examine, d'une manière générale, la structure pulmonaire, on ne trouve qu'un
organe mou, spongieux, vasculaire, et élevé sur une charpente cartilagi-
neuse. Les bronches, en effet, ne sont que des tubes cartilagineux, ter-
minés par des ampoules ou vésicules qui font ressembler le poumon à la
surface d'un chou-fleur. L'association, au moyen du tissu cellulaire de ces
vésicules, aux vaisseaux et aux nerfs, composent un lobe pulmonaire.
Rien, jusqu'ici, ne démontre dans ces élémens un agent capable d'élargir
ces tubes aériens et appeler l'air dans les vésicules du poumon ; mais, en
disséquant la membrane fibreuse qui sert à unir les arceaux cartilagineux
des bronches dans leur tiers postérieur, on a découvert à sa surface une série
de fibres musculaires doublant la muqueuse interne, jusqu'aux vésicules
ou ampoules bronchiques. Nous ferons remarquer d'abord que cette disposition n'est pas toujours apparente, et qu'elle existe principalement chez les
personnes âgées ou atteintes de catarrhes bronchiques depuis long-temps.
Bien qu'on ne puisse leur attribuer la plus grande part dans l'acte de la
respiration à l'état normal, nous pensons, cependant, que c'est là une
circonstance anatomique éminemment favorable : cependant, nous croyons
qu'une puissance aussi faible ne pourrait, à elle seule, accomplir la dilatation du poumon, si celui-ci n'était attiré par la paroi thoracique. Les tubes
de cet organe sont, du reste, contenus constamment dans un état de dilatation plus ou moins marqué, par une plus ou moins grande quantité d'air
qui séjourne dans sa cavité, même pendant l'expiration. Ainsi, d'un côté,
dilatation active des parois de la poitrine, par les muscles nombreux qui
viennent s'y insérer ; attraction de la surface et du tissu pulmonaire, puisqu'il reste du vide entre les deux parties de cette cavité ; aspiration de la
part des bouches bronchiales, favorisée par la pression atmosphérique : tel
est le mécanisme respiratoire, dans lequel le poumon ne joue guère qu'un
rôle secondaire, sous l'influence des forces musculaires placées à sa périphérie, et dont la cessation d'action suffit, pour qu'il tombe presque dans un
état d'affaissement.

Ces notions étant acquises, il nous est maintenant facile d'apprécier l'effet produit sur le mécanisme de la respiration, par l'ouverture des deux côtés de la poitrine. Le poumon, avons-nous dit, est presque passif dans cet acte ; son état primitif, celui que l'on observe chez le fœtus, est l'affaissement. Chez ce dernier, en effet, il est appliqué contre la colonne vertébrale, maintenu dans ce point par la pression du diaphragme, dont la saillie dans la cavité de la poitrine est en raison du volume considérable du foie pendant la vie intra-utérine. L'enfant privé de la nutrition et de la circulation de la mère, a bientôt besoin d'un autre genre d'hématose. Il recherche l'air, bientôt attiré dans les bronches par les contractions de la poitrine jusque-là restée inactive.

Il est bien prouvé que, si les poumons ne se dilatent principalement que parce que le vide ne peut avoir lieu entre leur surface et les parois costales, toute lésion qui déterminera la rupture des mouvemens harmoniques du thorax, et qui permettra à l'air de s'interposer entre les côtes, paralysera plus ou moins l'action de ces organes. C'est ce qui arrive, lorsque les deux côtés de la poitrine sont ouverts ; l'air entre aussitôt dans la cavité pleurale, et les poumons s'affaissent ; la respiration est de plus en plus gênée et cesse bientôt. Si l'on ouvre la poitrine d'un chien, au lieu de cette expansion pulmonaire que l'on obtient en insufflant le même organe, au moyen d'un soufflet, on ne voit que des mouvemens faibles, irréguliers, et le poumon paraît réduit à un tiers de son volume ordinaire. La même expérience ne présente pas les mêmes résultats chez les reptiles : tels que les grenouilles, les crapauds, les lézards, etc. Les poumons continuent leur jeu jusqu'à la mort de l'animal. Il est aisé de se rendre compte de ce phénomène, en ce que l'organe pulmonaire très-simplifié de ces animaux, ressemble à une vésicule bronchique très-dilatée ; ils peuvent, en raison de leur organisation faire entrer l'air dans leur larynx, et le conserver dans la cavité buccale, en exerçant des mouvemens de déglutition, même après l'ouverture de la poitrine. Rien de semblable ne s'observe dans les classes élevées des êtres vivans. Ainsi, dans l'ouverture large des deux côtés de la poitrine, les poumons s'affaissent et ne peuvent plus se relever.

Maintenant, il s'agit de distinguer les cas dans lesquels ce résultat n'a point lieu, ou du moins n'existe pas complétement. Si les parois thoraciques sont ouvertes largement, les résultats dont nous venons de parler, auront lieu constamment; les poumons diminueront bientôt de volume, s'appliqueront contre la colonne vertébrale, et l'asphyxie ne tardera pas à se manifester. Si les ouvertures opérées au thorax sont de peu d'étendue, si elles ne dépassent pas quelques lignes de diamètre, si surtout elles sont obliques, alors le même effet n'aura pas lieu : on n'observera qu'une gêne plus ou moins marquée dans la respiration ; de l'air entrera et sortira successivement par les ouvertures anormales. Si même l'ouverture des parois thoraciques a une certaine étendue, mais si elle est remplie par le poumon , comme on l'observe dans les cas de hernies de cet organe, de manière que la concentration de l'air ne puisse avoir lieu dans la cavité pleurale, il n'y aura encore que de la difficulté dans la respiration , sans que le mécanisme soit interrompu. L'on a prétendu, cependant, qu'il n'en était pas toujours ainsi, et que l'ouverture des deux côtés du thorax donnant libre passage à l'air qui comprimait le poumon, la pression atmosphérique ayant lieu également par les bronches, ces deux forces devaient se neutraliser. Nous avons cherché à établir, ce nous semble, que l'air ne parvenait dans le poumon, que parce que celui-ci était principalement dilaté à la suite de l'attraction des parois costales, qu'il venait s'appliquer dans les intervalles que présentent les côtes, et que tous ses élémens, chacun suivant la structure qu'il affecte, concouraient à cette augmentation de volume : de là, dilatation des divisions bronchiques, dont les cavités peuvent mieux se prêter aux divers mouvemens nécessités par la force plus ou moins considérable de la respiration. On a dit, cependant, avoir observé des cas dans lesquels l'ouverture assez étendue de la poitrine, n'avait pas été suivie de l'affaissement du poumon. Dans ces faits, on n'aurait pas dû oublier que l'instrument vulnérant qui avait produit l'ouverture du thorax, avait, en même temps, intéressé le poumon, dont le tissu de plus en plus infiltré d'air, ne devait son volume exagéré qu'à l'emphysème. Nous avons pu observer ce cas chez un militaire atteint en duel par une balle qui avait pénétré dans la poitrine, au côté droit du sternum ; on sentait facilement, soit avec la main, soit au moyen d'une glace, le passage alternatif de l'air par la blessure, et le poumon ne paraissait point être affaissé. Néanmoins, tout portait à croire que cet organe avait été intéressé ; car le malade avait craché beaucoup de sang, et la respiration devenait très-difficile. Malgré les soins les plus empressés, ce malade succomba, et l'autopsie permit de reconnaître, non-seulement la blessure étroite, quoique profonde, faite au poumon; mais encore il fut aisé de constater, soit par le volume de l'organe, soit par sa position constante à la surface d'un vase d'eau, soit par des incisions, que l'air existait en grande quantité dans le tissu inter-lobulaire.

—

DEUXIÈME QUESTION.

Quel est le mode de terminaison des nerfs de la première paire, dans les fosses nasales?

Il nous semble que si la question que nous avons à traiter, avait plutôt demandé quel est le mode d'origine et non de terminaison des nerfs de la première paire dans les fosses nasales, elle eût été plus en rapport avec l'état actuel des connaissances anatomiques; car il est reconnu depuis quelque temps, et surtout depuis les travaux de MM. Serres, de Paris, et de Geoffroy-Saint-Hillaire, que les nerfs, pas plus que le système vasculaire, ne prennent naissance dans la masse céphalo-rachidienne, mais à la surface des organes; que le développement organique, enfin, se fait de la circonférence au centre, et non du centre à la périphérie. Ce serait donc dans la cavité des fosses nasales, dans l'épaisseur de la membrane pituitaire, que les nerfs olfactifs se développeraient, pour se rendre de là dans la masse du cerveau. Voyons cependant quel est le mode d'expansion des nerfs de la première paire dans les fosses nasales.

Quand on examine sous l'eau, chez un embryon ou chez un adulte, la disposition des nerfs de la première paire dans les fosses nasales, on voit la membrane olfactive composée d'un feuillet interne muqueux, et d'un second feuillet externe ou périphérique formé par une toile fibreuse, que l'on reconnaît bientôt pour le périoste des os des fosses nasales; ce qui donne à la membrane pituitaire une épaisseur et une résistance très-grande, bien que celle-ci ne soit pas, comme les autres membranes muqueuses, pourvue d'épithélium ; disposition qui explique sa sensibilité et la fréquence des hémorrhagies qui ont lieu par sa surface. Entre ces deux feuillets se trouvent de petites granulations, visibles au microscope seulement, que l'on a prises pour des criptes glanduleux, destinés à sécréter le mucus nasal. Dans l'épaisseur du feuillet muqueux, on aperçoit, mais avec peine, des rameaux qui présentent assez de consistance, et que l'on ne peut suivre cependant plus bas que le cornet moyen : ils semblent être les extrémités de plus en plus marquées de la membrane muqueuse sur laquelle ces filets forment une espèce de trame par une infinité d'anastomoses. Tous ces divers filets viennent se rendre à la face inférieure de la lame criblée de l'ethmoïde. Quelques anatomistes ont prétendu avoir suivi les extrémités olfactives de la première paire, jusqu'aux papilles sensitives de la pituitaire. Nous n'avons pu, en examinant cette membrane sous l'eau, reconnaître cette disposition. M. Dubrueil, lui-même, dans ses leçons d'anatomie, déclare n'avoir pu suivre l'expansion nerveuse jusque dans les papilles, ni s'assurer jusqu'à quel point les nerfs olfactifs s'étendaient.

Arrivés près de la lame criblée de l'ethmoïde, les nerfs de la première paire forment des rameaux assez forts, constituant deux rangées, l'une interne adossée à la cloison, l'autre externe côtoyant la paroi externe des fosses nasales, dont la direction est oblique vers le centre de la lame osseuse, qu'ils traversent par ses nombreux trous, pour aller après, réunis en trois rameaux, constituer le bulbe olfactif.

TROISIÈME QUESTION.

Des différens moyens qui ont été conseillés pour combattre les vomissemens qui surviennent pendant la grossesse ; de leur valeur thérapeutique.

La nausée et le vomissement n'étant qu'un phénomène de la grossesse ou des maladies qui la simulent, les divers auteurs d'obstétrique n'ont guère insisté sur les moyens de les combattre, et ces symptômes ont toujours plus attiré l'attention des empiriques que des physiologistes. La nausée est un accident si constant, qu'elle ne saurait effrayer les femmes qui en sont atteintes; et il est rare qu'elles réclament le secours de l'art, à moins qu'elles n'aient intérêt à déguiser leur position. Chez les femmes très-nerveuses, c'est presque aussitôt après la conception qu'elle se montre, principalement le matin et à jeun. Le vomissement quand il existe, n'a lieu qu'un peu plus tard ; c'est ordinairement depuis le troisième jusqu'au neuvième mois qu'on l'observe : c'est donc après l'évolution des premiers symptômes nerveux, pendant que la femme subit une nouvelle modification, provoquée soit par la suppression des menstrues, soit par l'étroite sympathie qui existe entre l'estomac et les organes de la génération. Les femmes d'une constitution forte, qui sont abondamment réglées, et chez lesquelles on observe pendant leur grossesse un état manifeste de pléthore ; celles, au contraire, d'une constitution frêle et délicate, et que leur système nerveux rend accessibles à toutes les impressions, doivent attirer l'attention du médecin, parce que ce phénomène peut devenir une cause d'avortement. Divers traitemens ont été conseillés pour combattre le vomissement ; et il en est peu dont nous admettrons la valeur thérapeutique. On a observé cependant que la suppression des règles (qui n'est pas un phénomène indispensable de la grossesse) amenait une surcharge sanguine qui déterminait un état de congestion vers les viscères du ventre. Mauriceau, et depuis Capuron et Dugès, en ont cité des exemples. Dans ces cas, il faudrait avoir recours aux antiphlogistiques, employer la saignée générale ; quelquefois des sangsues appliquées à l'épigastre ont aussi produit de bons effets. Dans les derniers cas, où la cause des vomissemens paraissait tenir à une trop grande susceptibilité nerveuse, on s'est bien trouvé de l'usage des antispasmodiques, tels que le camphre, le musc, l'assa-fœtida, l'opium. Il est des cas, enfin, dans lesquels il existe un embarras des premières voies, facile à reconnaître à la saleté de la langue et à la teinte jaunâtre de la sclérotique : ici il s'agit de combattre la complication, et un émétique prudemment administré la fait bientôt disparaître. Une foule d'autres moyens ont été prônés; mais nous ne conseillons l'usage même de ceux-ci, que dans les cas où l'on aurait à craindre que des vomissemens trop opiniâtres ne finissent par porter atteinte à la santé de la femme ; car l'épuisement de celle-ci deviendrait bientôt la cause d'un avortement, ou du moins, d'un accouchement dont les suites pourraient être très-graves, si même l'expulsion du fœtus ne devenait quelquefois impossible.

—

QUATRIÈME QUESTION.

Des fièvres rémittentes.

On appelle rémittente, une fièvre qui, sans cesser entièrement depuis son invasion jusqu'à sa terminaison, présente toutefois pendant sa durée des époques très-marquées de bien et de mal-être qui se succèdent régulièrement, et qui semblent dépendre de sa nature même, sans être le produit de causes accidentelles et passagères. Ce sont des périodes très-courtes, mais régulières, formées d'abord par un temps d'exacerbation, de paroxysmes, pendant lequel les symptômes déjà existans augmentent d'intensité et de gravité, en même temps que des phénomènes nouveaux viennent s'y joindre; et ensuite d'un temps de calme, de rémission, qui succède au premier, et qui est caractérisé par une diminution ou une disparition complète de plusieurs ou de tous les accidens, hormis la fièvre. Il règne bien de la confusion dans les annales de la médecine relativement à ce genre de maladies; on avait certainement bien vu les choses, mais on a été malheureux quand il s'agissait de leur donner un nom. Ici chaque auteur a suivi à peu près son cours : de là une foule de dénominations souvent contradictoires ; de là aussi, la réunion de plusieurs maladies, souvent très-differentes, sous un même chef qu'on a établi d'après un seul phénomène, la rémittence. Ainsi donc, si l'on veut étudier les fièvres rémittentes dans les auteurs, surtout dans les auteurs anciens, il faut nécessairement être prévenu de cela, si on ne veut pas se jeter dans une sorte d'anarchie scientifique. Notre intention, nous en prévenons d'avance, n'est pas d'y créer l'ordre, ni de critiquer les idées d'autrui ; nous nous contenterons de dire que, dans cette étude , il faut moins s'attacher aux mots qu'aux choses, et prendre pour guide non pas un phénomène, mais tous les symptômes de la maladie.

Les praticiens anglais désignent sous le nom de rémittentes , toutes les fièvres dont l'intensité n'est pas constamment égale pendant leur durée , et qui présentent des exacerbations quelconques : c'est donner au mot le sens le plus large; et, si l'on veut adopter cette opinion, on peut affirmer que toutes les fièvres, excepté peut-être les inflammatoires, sont du genre des rémittentes ; nous disons peut-être, car, comme l'avance Lieutaud, la fièvre véritablement continente des Anciens, n'existe à la rigueur que dans les livres. Les auteurs français ont suivi une marche contraire ; ils ont posé des bornes plus précises et plus étroites. Telles qu'ils les considèrent, les fièvres rémittentes ne seraient qu'une modification des fièvres intermittentes; nous y retrouvons en effet : frisson initial à chaque paroxysme; sueur qui les termine ; régularité et périodicité, et jusqu'à l'influence causale des émanations marécageuses ; ce qui a fait admettre par certains auteurs , qu'elles n'étaient qu'une combinaison , une co-existence d'une fièvre continue et d'une intermittente; opinion qui est insoutenable, comme nous le verrons dans la suite.

Pour former notre genre de fièvres rémittentes, pour leur tracer des limites et leur assigner leur place dans un cadre nosologique, nous voulons décrire les phénomènes de la maladie, les saisir et les voir non pas isolément, mais dans leur ensemble, dans leur co-existence et leur succession, leur type fondamental. Cette physionomie pathologique que leur imprime leur nature, ne se dévoile jamais dans un seul symptôme : ce qui caractérise la fièvre rémittente, selon nous, c'est la succession alternative des paroxysmes et des rémissions, leur constance et la régularité de leur retour, phénomènes qui dépendent de la nature même de la fièvre et en sont une partie intégrante; c'est surtout la marche plus décidée et plus rapide des paroxysmes, qui arrive promptement et se développe avec célérité ; c'est enfin , la persistance de la fièvre à toutes les époques de la maladie. Notre but , dans cette dissertation, est d'acquérir des idées bien positives sur ce genre de fièvre; de donner à notre opinion une base solide, fondée sur l'étude et la réflexion , et sur l'examen consciencieux de nos doutes; de voir, enfin, si la rémittence forme un caractère fondamental, si elle mérite de fixer l'attention du praticien, c'est-à-dire, si elle a une valeur thérapeutique.

Il y a un écueil que les pathologistes évitent difficilement, c'est de faire des abstractions. Baumes, dans son Traité des fièvres rémittentes, n'a pas, ce nous semble, évité l'écueil que nous signalons. A l'entendre, on croirait que la rémittence est tout; il l'a place en tête de la symptomatologie ; il y insiste longuement, comme si elle était le seul principe des indications. Son génie de la maladie y occupe une fort petite place, et cependant c'est celui-ci, ce sont ensuite les causes de la maladie qui ont réellement de la valeur thérapeutique ; mais la rémittence, selon nous, n'est qu'accessoire. Nous aussi, nous allons donner une description des paroxysmes et des rémissions; mais seulement, et nous en prévenons d'avance, en tant que ce sont des phénomènes communs à toutes ces fièvres: c'est un calcul, nous dirons économique de notre part, pour nous épargner la peine de répéter plusieurs fois une description presque identique, et à nos lecteurs celle de la relire.

Si l'on examine un individu atteint de fièvre rémittente durant la rémission et sans être prévenu pour le phénomène morbide, on se ferait certainement une fausse idée de son état ; on le croirait réellement moins affecté qu'il n'est, et souvent même on le dirait à peine malade. Le sujet alors est ordinairement calme, peu souffrant ; il y a bien de la fièvre, mais elle est légère. Il y a bien d'autres symptômes encore qui prouvent qu'il y a affection, tels que la saleté de la bouche, la fétidité de l'haleine, la chaleur anormale de la peau, l'anorexie, le sentiment de fatigue, etc. ; mais ces symptômes sont légers et cette affection paraît de peu d'importance. Enfin, on peut comparer la rémittence à un temps de calme après l'orage; celui-ci a disparu, que tout dans la nature atteste encore de son passage.

Mais, ce bien-être apparent est de courte durée. Le retour du paroxysme est un fait invariable. Il reviendra inévitablement, à moins qu'on ne le combatte ; il amènera des symptômes nouveaux, quelquefois très-graves, et toujours l'exacerbation de ceux qui existent déjà ; l'affection se montre sous une autre face, différente de la première. Il est reconnu qu'un accès de fièvre périodique retrace assez bien les paroxysmes d'une fièvre rémittente. Nous avons déjà dit qu'il y avait des symptômes qui ordinairement persistaient pendant la rémission : ce sont la saleté de la langue, la fétidité de l'haleine, la perte de l'appétit, un brisement des forces et une disposition singulière aux frissons. Ce sont ces mêmes symptômes qui, par leur existence et par leur intensité progressivement plus grandes, annoncent l'invasion de la maladie, ou simplement l'arrivée du paroxysme. Le malaise épigastrique augmente; le plus souvent, il y a pesanteur dans cette région, du dégoût, des nausées; et ces troubles des premières voies se réfléchissent sympathiquement sur d'autres organes, comme l'indiquent la céphalalgie et quelquefois la simple pesanteur de la tête; la tristesse, l'abattement du malade; le sommeil lourd, troublé et interrompu; il y a surtout une chaleur incommode à la paume de la main et à la plante des pieds. Mais ce qui caractérise l'invasion et les premiers stades du paroxysme, ce sont le spasme périphérique et la congestion du sang vers les parties internes. Il y a un refoulement général de la circonférence vers le centre ; les ongles deviennent pâles et livides, la peau surtout ; le bout du nez et l'extrémité des doigts se refroidissent, et le malade éprouve, par intervalles, une sensation de froid. Cette congestion, cette plénitude intérieure impriment une physionomie spéciale aux divers actes de l'économie; il y a évidemment embarras fonctionnel. La congestion vers le cerveau détermine un état comateux ou simplement envie de sommeil, de bâillemens, de pendiculations, de la lassitude et du malaise musculaire; et, soit dit en passant, il ne faut pas attribuer ce phénomène, comme l'a fait Baumes, à la tension spasmodique des muscles; ce sont réellement les effets de la congestion centrale : il en est de même des douleurs obtuses des membres ; le sang est refoulé vers le poumon : de là, gêne de la respiration et surtout de l'inspiration. Enfin, il arrive un spasme violent et général, et alors tous les phénomènes de la congestion intérieure sont portés à leur comble. C'est encore à cette dernière qu'appartiennent la petite toux sèche, la soif continue, la sécheresse de la bouche, les envies fréquentes d'uriner, les nausées, les maux de tête, les mouvemens convulsifs, le délire, et l'altération du pouls qui caractérise, le plus souvent, ce premier stade du paroxysme. Le refroidissement de la peau, au contraire, la ténuité des urines, leur pâleur, les frissons sont évidemment le résultat d'un état spasmodique; car, de même que dans la fièvre intermittente, ce premier stade est tout nerveux.

Après une durée plus ou moins longue, ce qui dépend de la constitution individuelle du sujet et d'autres circonstances particulières, cet état commence à diminuer, s'efface peu à peu et est remplacé par un état presque opposé : c'est un état d'expansion, de réaction qui forme le stade de chaleur du paroxysme; on dit que la nature se révolte alors contre le principe morbifique qui l'a opprimée un instant. Quoique nous n'admettions pas cette intelligence raisonnée de la part de la nature, qui, envisagée ainsi, serait elle-même une abstraction, nous croyons cependant qu'il y a réellement des conditions organiques qui se résument dans une loi de réaction, et que le stade de chaleur ici, en est l'expression symptomatique. Quoi qu'il en soit, il y a alors disposition graduelle de tous les phénomènes précédens; nous disons graduelle, car les phénomènes nouveaux qui doivent les remplacer n'arrivent jamais d'une manière subite, mais s'entremêlent d'abord avec les premiers et les effacent peu à peu. C'est ainsi que les frissons, les secousses de froid, les mouvemens convulsifs diminuent et deviennent moins fréquens; le pouls est alternativement concentré et développé; des bouffées de chaleur entrecoupent le sentiment de froid; enfin, tous les symptômes précédens cessent peu à peu; une douce chaleur, qui s'étend sur tout le corps, les remplace. Le pouls aussi se relève et se développe; mais, nous le rappelons encore, le stade de chaud n'arrive jamais brusquement.

Une fois établi, cependant, il se dessine promptement, et tous les phénomènes qui le caractérisent prennent de l'expression et une physionomie décisive; le visage rougit et s'anime; l'haleine est brûlante; la peau chaude et sèche; les yeux sont brillans; la soif persiste; la respiration s'accélère; la tête est douloureuse; quelquefois même il y a du délire; les artères temporales et carotides battent avec force; le pouls est plein, fort, égal et précipité; en un mot, il y a excitation générale. Pour caractériser cet état du malade, nous dirons qu'il semble atteint d'une fièvre inflammatoire portée au plus haut degré.

Mais bientôt ces accidens déclinent à leur tour et le stade de sueur arrive, mais aussi d'une manière graduelle. La peau est alternativement sèche, chaude et brûlante, ou chaude, tempérée et humide; à la fin, elle devient tout-à-fait moite, et la sueur s'établit définitivement; les urines coulent avec moins d'abondance; elles sont épaisses et sédimenteuses; enfin, le paroxysme se termine, comme nous l'avons dit, soit par la sueur, soit par des

selles bilieuses. La description que nous venons de donner , s'applique surtout aux fièvres rémittentes qui sont produites par des effluves marécageux ;
aussi c'est presque un accès de fièvre intermittente que nous semblons avoir
décrit. Nous nous hâtons de dire que la plupart de ces phénomènes n'ont
pas la même intensité chez les divers individus, qu'ils ne sont pas constans,
que leur existence n'est pas indispensable ; en un mot, que la physionomie de
la maladie n'est pas la même dans tous les cas ; que ceci ne s'applique pas
seulement aux fièvres rémittentes, qui ont une origine autre que les émanations des marais , et qui, comme nous le verrons , portent un cachet particulier ; mais aussi à celles qui sont le produit de cette dernière cause. Nous
dirons que l'histoire de la maladie , telle que nous la retrace la pathologie
spéciale est une véritable abstraction ; car la nature même dans la produc-
tion d'une affection identique ne se répète jamais , elle varie à l'infini.

Ici , comme dans la fièvre intermittente, la maladie se présente sous
une foule de formes. Les symptômes , par exemple , peuvent être plus ou
moins intenses et graves, plus ou moins nombreux ; leurs stades peuvent
être intervertis, il peut en manquer ; car, il arrive quelquefois que le stade
de froid ou de sueur n'existe pas, ce qui n'empêche pas la réalité du
paroxysme. Il peut y avoir des phénomènes isolés et extraordinaires ,
toutes choses qui dépendent de circonstances spéciales , qui se rapportent ,
soit à l'individu, soit à son milieu, soit à la cause qui a agi. Mais, nous
devons le dire , toutes ces variétés , excepté l'intensité et la gravité des
symptômes, ne sont pas d'une valeur thérapeutique bien grande. Il faut seulement en être prévenu pour éviter l'erreur, si un cas anormal se présente;
mais elle n'influe en rien sur le traitement , ni sur la conduite du médecin.

Une conclusion plus importante en découle, et elle nous sert à prouver les
assertions que nous avons émises en commençant ce travail ; ce que les
phénomènes de la maladie pris isolément, ne peuvent jamais faire admettre
la rémittence, et qu'un seul symptôme, tel que le frisson initial, n'est pas le
fait constant et caractéristique ; que, par conséquent, les praticiens français
qui l'ont envisagée de cette manière, ont dû et ont nécessairement erré.
Nous le répétons, c'est l'ensemble des symptômes, leur succession . leur
marche , leur physionomie surtout, ou , si nous osons le dire , leur génie ,
qui doit nous guider pour arriver à l'appréciation de la maladie et à la

counaissance de son véritable caractère. Nous venons de décrire la fièvre
rémittente des marais, à son état de simplicité, de bénignité; c'est la moins
grave de toutes. Mais, malheureusement, les choses n'en restent pas toujours
là; souvent, et ceci dépend surtout de l'énergie des causes qui agissent, de
l'élévation de la température, des conditions individuelles qui engendrent
une plus grande aptitude à ressentir l'influence pathogénèse, souvent la
maladie devient grave et dangereuse et se termine promptement par la
mort, si l'art n'y intervient: c'est alors une fièvre rémittente pernicieuse
ou maligne. Nous n'aimons pas à nous servir de cette dernière expression,
parce qu'elle est vague et peu précise. Nous concevons aisément les opi-
nions arbitraires, les discussions, les querelles qu'elle a suscitées. Qu'est-ce,
en effet, que cette malignité? On en a fait un être à part, nous ne savons de
quelle nature, qu'on a placé nous ne savons où, qu'on a cru agir nous ne
savons comment; et cependant, sur tant d'inconnus, on a établi une thérapeutique très-positive. Disons-le, c'est un mot qui ne serait que suranné,
si l'esprit humain n'avait pas une tendance malheureusement trop réelle,
de considérer les mots comme des réalités; les conséquences pratiques sui-
vent toujours une théorie souvent des plus hasardées. Certes, il y a des fièvres rémittentes très-dangereuses, qui compromettent rapidement la vie du
malade, et qui exigent la prompte intervention de l'art; mais ici la gravité
de la maladie est le résultat de dispositions organiques quelconques que nous
pouvons ignorer, mais qu'alors nous devons apprécier dans leurs effets seulement, sans vouloir réaliser la cause par une expression vague qu'il n'est pas
possible de définir. On a dit que la malignité était caractérisée par l'affaiblissement des forces du principe vital amené par la résolution des forces organiques: si c'est de l'adynamie dont on veut parler, c'est la question du
jour, et elle est loin d'être résolue. Au lieu de dire que la maladie est grave,
on se plaît à dire que la nature est affaiblie; on renverse la proposition.

Pour nous résumer, nous dirons que nous appelons ces fièvres, *pernicieuses,* mot qui exprime bien leur gravité, sans rien préjuger de leur
nature; nous pensons qu'il y a alors altération profonde du système nerveux
et de ses fonctions. L'universalité de ce système, son influence sur tous les
actes organiques, expliquent les phénomènes nombreux qui se manifestent
alors, leur gravité et leur physionomie bizarre.

Le caractère pernicieux d'une fièvre rémittente se reconnaît à la gravité des symptômes qui décèlent cette atteinte profonde du système nerveux ; les fonctions se succèdent d'une manière désordonnée. Dès le début , les forces semblent ou sont réellement abattues ; le pouls est petit et serré , très-souvent inégal. C'est surtout un signe décisif que cet état du pouls, qui n'est pas du tout en rapport avec l'intensité des autres symptômes. Les nausées et les vomissemens opiniâtres , la cardialgie, l'anxiété, la surdité, l'assoupissement, les douleurs profondes, le délire, le coma , le désordre de la respiration , le météorisme, un froid glacial de tout le corps, une chaleur brûlante et âcre , et beaucoup d'autres phénomènes extrêmement graves apparaissent ; et cependant le pouls garde toujours le caractère que nous venons de lui assigner ; seulement , dans le stade du froid , il s'efface presque complétement , et ne se fait reconnaître que par des vibrations obscures , un frémissement accéléré et à peine sensible. C'est de là qu'est venue la doctrine des Anciens, qui, ne voyant pas de rapport entre la violence du mal et la réaction organique, ont pensé que la nature n'avait plus assez de force pour lutter contre la maladie.

Les symptômes même du paroxysme se groupent diversement ; et , selon leur coïncidence et leur prédominance spéciale , ils donnent à la fièvre une forme particulière. Cette prédominance de tous les systèmes a fait admettre une foule de fièvres rémittentes pernicieuses , auxquelles on a donné de noms particuliers. Nous nous contenterons d'en énumérer les plus remarquables , leur dénomination indiquant assez leur caractère et leurs principaux phénomènes. On admet ainsi des fièvres rémittentes pernicieuses algides , soporeuses , apoplectiques , frénétiques , tétaniques , syncopales , pleurétiques , péripneumoniques , dysentériques , hépatiques, etc. , qui toutes sont caractérisées par un symptôme prédominant , qui intéresse tel ou tel organe , telle ou telle fonction, et qui, à lui seul , semble constituer toute la gravité de la maladie.

On a beaucoup discuté de nos jours sur la théorie de ces fièvres. La question était de savoir, si les symptômes prédominans qui semblent indiquer l'affection bien positive d'un organe quelconque, étaient réellement le résultat d'une pareille affection, de telle sorte qu'il y aurait simple complication d'une affection locale et d'une fièvre intermittente ; ou si enfin ces symp-

tômes ne faisaient que simuler cette maladie locale , tandis qu'ils étaient
réellement le produit de la fièvre et en formaient une partie intégrante et
constitutive. L'école physiologique a dû admettre la complication. Ainsi ,
dans une fièvre pneumonique , par exemple , il y a pour elle réellement
pneumonie ; mais cette inflammation est légère, ce qui fait qu'elle est latente
pendant la rémission. Elle acquiert momentanément plus d'intensité pendant le paroxysme ; elle se montre alors avec violence et se dessine claire-
ment, ce qui se conçoit aisément par l'excitation générale , le trouble
fébrile qui forment le caractère fondamental du paroxysme.

Nous ne saurions partager cette opinion , et nous devons dire que l'étude
des faits nous a toujours paru contraire à cette doctrine. Comment, en effet,
concevoir l'action du quinquina? Il devrait aggraver le mal , augmenter
tous les accidens , et cependant il guérit. Il enlève non pas seulement la
fièvre rémittente , mais aussi la prétendue maladie locale , quelle que soit
au reste sa nature , quel que soit l'organe qui semble plus spécialement
intéressé. Administrera-t-on impunément le quinquina à de si fortes doses ,
si la complication d'une pneumonie , par exemple , était réellement cons-
tatée ? La théorie certainement est spécieuse ; mais , comme nous l'avons
dit, les faits lui sont contraires. Avant ou après les paroxysmes , les malades sont tristes ; le pouls reste petit , inégal , concentré à peine , plus
vite que dans l'état de santé , ou même plus rare. A mesure aussi que les
paroxysmes se répètent , ils deviennent plus graves et plus dangereux; ils
se rapprochent; la rémittence s'efface , et apparaît alors le type continu ,
dégénération funeste qui entraîne rapidement le malade à sa fin. Depuis
Torti , on distingue deux genres de fièvres pernicieuses rémittentes : les uns
sont tels par la gravité des symptômes habituels de la fièvre , ou par
l'addition de quelque symptôme fâcheux ou menaçant ; mais leur rémittence reste la même, et leurs paroxysmes ne tendent pas à se rapprocher.
Les autres le deviennent par cette fatale tendance à la continuité, que nous
venons de signaler. Ces circonstances fournissent donc les signes auxquels
on pourra reconnaître qu'une fièvre appartient au genre des pernicieuses.

La persistance de la fièvre, après le paroxysme , sert à distinguer la
rémission de l'apyrexie ; mais , pour constater son existence , il ne faut pas
seulement se contenter d'examiner l'état du pouls et de la peau , car il peut

paraître normal , et la fièvre cependant exister bien réellement. On a dit trop vaguement qu'il y avait fièvre , quand il existait chaleur de la peau et altération du pouls. La fièvre se dévoile bien par d'autres phénomènes : l'état général du malade , par exemple , le trouble d'une ou de plusieurs fonctions, etc. Il y a bien certainement fièvre, quel que soit, au reste, l'état du pouls , quand les fonctions des organes encéphaliques ou thoraciques sont troublées , quand les sécrétions sont diminuées , et que le malade éprouve des anxiétés , ou une oppression des forces considérable.

Il est donc probable , comme le disent Baumes et Sauvages , que la plupart des fièvres intermittentes pernicieuses appartiennent bien réellement à la classe des rémittentes. Nous pouvons maintenant résumer les données que nous a fournies l'étude symptomatologique des fièvres rémittentes des marais ; nous aimons à les présenter sous forme de proposition , parce que cela amène plus aisément et avec plus d'évidence à la conclusion, qui est le but de ces considérations. La fièvre rémittente est formée par une série de paroxysmes et de rémittences qui la reproduisent régulièrement et périodi-quement , à moins que la maladie ne dégénère et se transforme. Le frisson initial n'est pas le signe caractéristique essentiel du paroxysme ; de même que l'état du pouls et la chaleur de la peau n'indiquent pas la persistance de la fièvre. Le paroxysme et la rémittence , ainsi que la maladie elle-même , sont caractérisés par l'ensemble des symptômes , par ce type pathologique particulier que l'observation seule apprend à connaître et à constater.

La fièvre rémittente peut être simple et peu grave , ou pernicieuse et s'accompagnant des plus grands dangers. Elle est simple , quand le pa-roxysme se borne à l'augmentation de la fièvre et de ses accidens habituels, tels que la céphalalgie , les anxiétés , l'insomnie, la chaleur , la soif , la fréquence de la respiration et l'altération du pouls ; mais il faut que cette augmentation soit modérée et ne dépasse pas certaines bornes. Le délire , l'oppression , un peu de météorisme , indiquent déjà une tendance vers l'état pernicieux ; et elle est enfin grave et pernicieuse , quand un ou plu-sieurs symptômes de la fièvre augmentent hors de toute proportion ; qu'il survient des phénomènes nouveaux ; quand une ou plusieurs fonctions sont troublées d'une manière extraordinaire , et telle qu'elles simulent une

altération profonde de leurs organes respectifs; quand le pouls devient
petit, mou, inégal; qu'il y a une prostration des forces considérable et
une altération profonde du système nerveux; quand, enfin, les paroxysmes
se rapprochent et tendent à se confondre; qu'en un mot, la fièvre, de rémittente qu'elle était, devient décidément continue.

Les fièvres rémittentes, dans leur partie symptomatologique, se rapprochent bien évidemment des fièvres intermittentes, et ont la plus grande analogie avec elles. Il y a, en effet, les mêmes symptômes; ceux-ci affectent la
même marche, se groupent de la même manière; il y a les mêmes stades,
quelquefois la même irrégularité dans leur existence et leur succession.
Comme les intermittentes, elles sont tantôt simples et légères, tantôt graves
et pernicieuses. Nous avons dit que les retours des paroxysmes, dans les
fièvres rémittentes, étaient réguliers, ou à peu près, et qu'ils affectaient
une marche périodique. Il est bien entendu que nous faisons ici une abstraction de celles de ces fièvres qui ont, dès leur début ou pendant leur cours,
une tendance à la continuité; ce qui fait que le paroxysme suivant se
montre toujours plus tôt que celui qui l'a précédé, et se rapproche de lui de
plus en plus. Ces retours réguliers et périodiques du paroxysme, consti-
tuent le type de la fièvre. Le plus souvent elle affecte le type quotidien,
tierce ou quarte. Arrêtons-nous un instant sur chacune de ces variétés.

On appelle quotidienne une fièvre dont les exacerbations apparaissent
tous les jours; elle a une très-grande analogie avec la continue muqueuse,
et on ne peut nier qu'il n'y ait entre elles un air de famille très-remar-
quable: comme celle-ci, elle se montre à la fin de l'hiver, dans les saisons
froides et humides, dans les temps pluvieux et dans les contrées basses; elle
atteint surtout les individus d'une constitution molle et faible, d'un tempérament lymphatique, tels que les enfans et les femmes: ses symptômes
même affectent une forme particulière, qui la rapproche de la continue muqueuse. Le froid est peu prononcé, et ce n'est, le plus souvent, qu'une simple
horripilation qui commence aux extrémités et qui parcourt successivement
tout le corps. La chaleur ensuite est peu élevée, halitueuse; la sueur elle-
même ne se montre pas le plus souvent et est remplacée par des déjections
muqueuses; le pouls est petit, irrégulier; la langue est humide, chargée
d'un enduit muqueux; il n'y a pas de soif; et quand les vomissemens sur-

viennent, ils évacuent des mucosités et des matières glaireuses. A la suite du paroxysme, les urines sont ténues et blanches ou troubles et épaisses, souvent rougeâtres ; les déjections sont muqueuses. Pendant la rémission, le visage est pâle et bouffi, et il y a, pour ainsi dire, turgescence muqueuse. Ces fièvres, quand elles deviennent graves, ressemblent beaucoup à celles qu'a décrites Baglivi, et à celles que Huxin nomme fièvres lentes nerveuses.

Les fièvres rémittentes tierces sont celles qui laissent un jour d'intervalle entre chaque paroxysme ; elles sont les mieux dessinées, et leurs symptômes sont tels, qu'ils indiquent aisément le type de la fièvre. Il faut rapprocher celles-ci des continues bilieuses ; car, il y a presque toujours état bilieux combiné avec un état inflammatoire, ce qui les différencie beaucoup des précédentes. Quant aux saisons pendant lesquelles elles règnent le plus habituellement, c'est à la fin du printemps, pendant l'été et dans les premiers jours d'automne. La chaleur de l'atmosphère influe essentiellement sur leur nature, en portant leur action principalement sur le tube digestif. Les affections intestinales, en un mot l'irritation du système hépatique, viendront d'autant plus s'associer à la plupart des maladies, que la température sera plus élevée; ainsi, à mesure qu'on s'approche de l'équateur, la constitution médicale devient plus décidément bilieuse. Quoi qu'il en soit, ces fièvres attaquent de préférence les individus d'un tempérament bilieux, d'une constitution forte, quand ils sont exposés aux chaleurs de l'été et après des fatigues, des veilles prolongées, et aux affections morales tristes. Dès le premier paroxysme, on peut à peu près prédire quel sera le type de la fièvre; car, les symptômes qui apparaissent, sont assez caractéristiques. Le froid, dès le début, est très-intense et prolongé ; le malade est saisi d'un violent tremblement; la chaleur qui le suit, est aussi très-élevée, sèche et ardente; la sueur, enfin, s'établit universellement et coule avec abondance, ou, si elle manque, des selles bilieuses, des urines jaunâtres viennent la remplacer. Nous voyons donc que les trois stades du paroxysme sont francs et très-bien exprimés ; les autres symptômes qui les accompagnent, ne sont pas moins énergiques, ce qui donne à la fièvre tierce un aspect très-vague: le pouls d'abord petit, faible et rare, presque naturel, devient fréquent et égal ; les vomissemens sont jaunes, verdâtres. Dans le second stade, la chaleur apparaît promptement; elle est sèche et brûlante, sans cependant avoir cette âcreté qui caractérise l'état typhode ; le pouls est vif, fort, mais toujours égal ; la langue est sèche , et le malade est tourmenté par une soif ardente ; la sueur, enfin , et, comme nous l'avons déjà dit, des vomissemens, des urines safranées, des déjections bilieuses terminent le paroxysme.

Pendant la rémission , l'état gastrique persiste , quand les urines continuent à être safranées ; la bouche est sale et mauvaise; la langue est recouverte d'une couche jaune et épaisse. Cette fièvre , quand elle est grave , a de l'analogie avec la fièvre ardente.

La fièvre quarte, celle qui donne un paroxysme tous les quatre jours , en laissant un intervalle de deux jours de rémission, a aussi une physionomie qui lui est particulière ; elle apparaît ordinairement en automne , quand la température est froide, sèche et variable, et atteint surtout les personnes déjà avancées en âge. Le froid du premier stade est très-long , sans cependant déterminer de grands frissons ; les malades se plaignent surtout de lassitudes, d'un malaise et de douleurs musculaires ; le pouls est faible , tardif et d'une rareté remarquable; la chaleur qui suit est moins élevée que celle de la tierce ; le pouls aussi n'est pas autant développé. Le dernier stade est souvent très-long , et les évacuations qui le terminent sont médiocres.

Nous n'insistons pas plus long-temps sur le type des fièvres rémittentes ; il nous suffit d'en avoir indiqué et étudié , avec quelques détails , les trois principaux, le quotidien , le tierce et le quarte , qui se rencontrent le plus souvent. Nous ne croyons pas devoir parler ici des types double quotidien , double tierce , double quarte , tierce doublée , etc. , qui appartiennent en partie au type quotidien ; ils ne nous fournissent aucune considération importante, soit sur la nature des fièvres qui nous occupent , soit sur leur pronostic, soit sur leur traitement.

Disons quelques mots seulement des cas où il y a complication réelle d'une fièvre rémittente et d'une continue , chose qui peut encore se rencontrer. Nous avons dit, en commençant ce travail , que certains auteurs admettent , dans toute fièvre rémittente , une complication d'une intermittente et d'une continue; nous avons exprimé nos doutes à cet égard. Cette théorie, en effet, ne nous paraît pas admissible ; et , pour cela , il suffit d'observer les faits les plus journaliers. Comment l'admettre, quand nous voyons le quinquina triompher de la maladie tout entière, ce qui ne serait pas, si la complication existait ; car, dans ce cas, que deviendrait la fièvre continue? Nous connaissons bien la spécificité du quinquina contre le périodisme ; mais personne encore n'a constaté son action salutaire contre les fièvres continues.

Nous admettons, parce que là aussi il y a des faits, qu'une fièvre intermittente et une fièvre rémittente peuvent venir compliquer une continue, comme elles sont la complication de toutes sortes d'affections ; mais cela est un pur accident, et l'action des médicamens nous fait reconnaître la marche de cette double affection.

Il est d'autres complications que l'on a envisagées sous un faux jour, ce nous semble, en donnant aux faits un interprétation erronée. Qu'est-ce, en effet, que ce genre bilieux, muqueux, inflammatoire, nerveux, de la fièvre rémittente dont parle Baumes? Qu'est-ce? sinon une complication d'un autre état morbide avec la fièvre rémittente. Leur co-existence chez le même individu donne la raison de l'action réciproque qu'ils exercent l'un sur l'autre, et de leur dépendance mutuelle, *consensus unus* ; et un phénomène morbide qui se produit dans une partie quelconque, doit nécessairement retentir dans toutes les autres. Mais, il est évident que l'état bilieux, inflammatoire, n'est qu'une complication de la fièvre rémittente, puisque ces affections dépendent de causes tout-à-fait distinctes et qu'on peut aisément apprécier, puisqu'elles cèdent à des traitemens bien différens, et qu'on peut enlever l'une et laisser l'autre. Il est vrai, cependant, que, dans quelques cas, il faut d'abord enlever la maladie compliquante, avant de songer d'attaquer la fièvre ; car, c'est souvent une condition indispensable de succès.

La fièvre rémittente avec une complication inflammatoire, que nous appellerons rémittente inflammatoire, réunit aux phénomènes habituels de la rémittence, ceux d'un état phlogistique. Ces sortes de fièvres surviennent ordinairement à la fin de l'hiver et pendant le printemps; et, quand une température modérée succède à une saison froide et sèche, elle attaque alors de préférence les individus forts, pléthoriques, comme les jeunes gens, les adultes, les personnes qui usent d'une nourriture très-substantielle, sans faire des pertes considérables : les femmes enceintes qui se trouvent quelquefois dans un état pléthorique , y sont également exposées. Quant aux contrées dans lesquelles elles se montrent le plus habituellement, ce sont les lieux secs , élevés et éloignés de la mer.

On peut reconnaître une fièvre rémittente inflammatoire, même pendant la rémittence : l'état du malade décèle le caractère de la fièvre. Le pouls alors est fort et dur , quoique moins plein que pendant le paroxysme ; il y a des lassitudes spontanées et des sensations alternatives de frisson et de chaleur ; le visage est rouge ; la conjonctive injectée ; la tête est douloureuse, surtout le fond des orbites ; la respiration est laborieuse ; la langue est sèche , couverte d'un enduit blanchâtre, argentin, et rouge à sa pointe et sur ses bords ; l'estomac est pesant et douloureux à la pression. Quand le paroxysme arrive, le frisson est franc et intense ; le pouls fort, dur, serré ; il se développe dans le stade de chaleur, et devient grand, plein ; quand il est concentré, il devient fort et plein par la saignée ; la chaleur, la soif, le mal de tête sont très-intenses ; le délire survient aisément ; enfin , il apparaît quelquefois, pendant le paroxysme, des pétéchies qui disparaissent ensuite pendant la rémission.

D'après le tableau de l'affection , il est évident qu'elle dépend en partie d'une exagération des forces, qu'il y a réellement plénitude de vie.

Dans la fièvre rémittente bilieuse, au contraire, tout décèle une affection des premières voies, de la région du foie, du centre épigastrique ; il est aisé de la reconnaître. Le malade est d'abord affaissé, ennuyé ; il se plaint d'une douleur gravative à la tête et de mal aux reins ; la bouche est pâteuse et amère ; la langue moite, sale, couverte d'un enduit bilieux ; il y a des nausées et des vomissemens d'une matière verdâtre et amère ; les joues sont très-rouges, mais deviennent bientôt pâles ; les ailes du nez, le pourtour de la bouche, la conjonctive ont une teinte jaune ; l'ictère même paraît quelquefois dans le cours de l'affection.

Pendant le paroxysme, dans le stade de frisson , le vomissement acquiert quelquefois une intensité très-grande ; le pouls est plein, mais concentré. Dans le stade de chaleur, au contraire, il se déploie, devient grand, sans être essentiellement dur, ce qui le distingue du pouls de la fièvre inflammatoire. Dans l'affection qui nous occupe, il y a réellement maladie de la région épigastrique, et surtout du foie et de ses dépendances. La sécrétion et l'excrétion de la bile sont troublées, ce qui donne lieu à tous les symptômes que nous venons de décrire; mais ici, il n'y a pas plénitude de vie, ni exagération des forces; aussi la saignée ne convient-elle pas, et quoiqu'elle paraisse soulager, on voit bientôt augmenter tous les accidens.

C'est à la fin de l'été et pendant l'automne, après et pendant les fortes chaleurs, qu'on voit apparaître les fièvres rémittentes bilieuses. Elles sévissent surtout sur les gens du peuple, qui mènent une vie pénible et qui sont exposés aux intempéries de la saison. Elles dépendent essentiellement d'une constitution chaude et sèche; et, selon le degré ou la durée de celle-ci, elles peuvent acquérir une intensité redoutable : disons, en passant, que l'état inflammatoire vient souvent s'y joindre, ce qui modifie la physionomie de la fièvre, de même que son traitement.

Quand l'air est froid et humide, dans les contrées qui sont habituellement sous l'empire d'une pareille constitution atmosphérique, et chez des individus mal nourris, qui vivent dans la misère, on voit apparaître la fièvre rémittente muqueuse, qu'il importe de ne pas confondre avec la précédente. Ici, la marche de l'affection est lente; le pouls est faible et intermittent; les urines sont claires; la langue est blanchâtre, comme lardacée; les premières voies sont affectées, mais par l'accumulation des matières muqueuses qui ne ressemblent en rien à la bile. Les vomissemens et les déjections qui surviennent, évacuent une matière glaireuse plus ou moins épaisse.

On a décrit une fièvre rémittente que l'on a appelée putride, dénomination que nous rejetons, parce qu'elle repose sur une manière erronée de concevoir le phénomène morbide : nous aimons mieux lui donner le nom de nerveuse; car l'affection du système de l'innervation dans cette maladie, les symptômes qui la caractérisent, sont des faits palpables. Le sang, nous en convenons, est vicié, mais cette altération n'est pas la putridité : elle en diffère essentiellement, car il n'est pas possible de concilier l'existence de la putridité avec celle de la vie, et dans un fluide qui est vivant lui-même, qui circule en nous, et qui est constamment soumis à l'action des forces vitales. Nous admettons des maladies qui dépendent essentiellement de la.viciation des humeurs, et nous sommes humoriste à certains égards.

Quoi qu'il en soit , nous connaissons peu les circonstances individuelles qui donnent lieu aux fièvres intermittentes nerveuses. On a dit qu'elles se développent de préférence chez les individus qui abusent de viandes nourrissantes , chez ceux qui se nourrissent d'alimens de mauvaise qualité et qui habitent des lieux malsains. Nous ne savons pas jusqu'à quel point cette opinion peut être fondée ; nous pensons plutôt que c'est la conséquence de cette théorie putride dont nous venons de parler.

Nous demanderons si un tempérament nerveux , des veilles prolongées , si de fortes passions, si tout ce qui excite ou déprime le système nerveux , ne contribue pas plus au développement de ces fièvres. Il est d'observation qu'elles attaquent de préférence les individus jeunes et robustes , et qu'elles se montrent sous l'influence d'une constitution chaude et humide , à la fin de l'été et au commencement de l'automne.

Ces fièvres ont beaucoup d'analogie avec la fièvre continue adynamique et ataxique de Pinel ; elles sont toujours du genre des rémittentes pernicieuses. Les symptômes qui servent à les caractériser sont : une dépression considérable des forces ; l'affection des fonctions cérébro-spinales ; la stupeur; le coma; le délire ; les soubresauts de tendons, et d'autres altérations des facultés sensitives intellectuelles et motrices. Ce sont ensuite l'odeur fétide des excrémens , des sueurs ; la chaleur âcre et mordicante de la peau , qui est constamment plus ou moins sensible ; l'enduit fuligineux de la langue ; le dégoût ; la disposition à la diarrhée et le météorisme du ventre ; ce sont enfin les pétéchies et les hémorrhagies symptomatiques , accidens vraiment redoutables. Tels sont les états morbides complexes que nous voulons examiner. Il y a , dans tous les cas , une véritable dualité pathologique , c'est-à-dire , existence simultanée de deux affections distinctes , qui ont chacune des symptômes spéciaux produits par des agens morbifiques propres , et qui exigent chacun un traitement particulier , mais qui néanmoins s'influencent réciproquement.

Il y a encore des cas remarquables que nous devons signaler ici , parce qu'ils se rencontrent fréquemment , et que, par leur gravité et leur marche rapidement mortelle , ils réclament la plus grande attention de la part des praticiens.

A la suite des grandes plaies , quelles que soient les causes qui les aient produites, quand il y a dénudation d'une partie considérable des organes, meurtrissure des tissus ; quand des parties délicates et importantes sont lésées, à la suite d'opérations majeures qui ont nécessité des incisions profondes et des pertes de substance très-étendues, il survient souvent une véritable fièvre rémittente, qui devient un accident grave par l'influence funeste qu'elle exerce sur l'état de la plaie et la marche de la cicatrisation, et surtout par le danger pressant dont elle s'accompagne ; car elle se manifeste, dès le début, avec une gravité telle, que la mort survient fréquemment dès le troisième ou quatrième paroxysme, sans qu'il soit possible de la prévenir quand elle se prolonge.

Disons d'abord qu'elle est très-distincte de la fièvre traumatique, qui est un accident nécessaire de toute plaie, quelque peu considérable.

La fièvre rémittente qui nous occupe, n'est pas essentiellement liée à l'existence de la solution de continuité ; c'est une affection accidentelle qui vient se sur-ajouter à celles qui accompagnent ces lésions. Le temps de son apparition, ses symptômes, l'influence qu'elle exerce sur les parties blessées, sont des preuves évidentes de notre proposition. Cette fièvre survient ordinairement chez les sujets qui ont éprouvé une violente commotion, et chez lesquels, comme nous l'avons dit, il s'est fait une perte considérable de substance, ou une dénudation très-étendue des parties. On la voit après une hémorrhagie abondante, ou lorsque le sujet a été affaibli par des excès répétés, par des fatigues excessives, par un mauvais régime, etc. Ce sont ensuite les vieillards, les femmes et les enfans qui y sont plus particulièrement exposés. L'habitation des hôpitaux et des camps, le voisinage des pays humides et marécageux, l'inconstance et la variabilité de la température, les affections morales, la crainte surtout, rendent ces fièvres plus communes et plus meurtrières.

Ce n'est pas dès le premier jour de l'accident qu'elles apparaissent, c'est ordinairement du septième au onzième jour, lorsque la période d'inflammation et de suppuration est passée, ou du moins bien avancée. Leurs symptômes sont ceux des autres fièvres rémittentes, seulement ils sont plus intenses et plus graves : le pouls est d'abord plein, tendu, vibrant ; mais, après quelques paroxysmes, il perd de sa force et devient rare, faible, petit, intermittent, convulsif. Un des principaux symptômes qui distinguent ces fièvres , est l'affection de la tête , qu'on reconnaît à la tristesse du malade pendant la rémission , et à l'assoupissement mêlé d'un délire sourd. Comme dans le paroxysme , cet assoupissement est un phénomène constant; il ne manque jamais de se montrer graduellement à chaque nouveau redoublement ; il devient, enfin, d'une gravité effrayante.

L'état de la plaie présente en même temps des changemens remarquables : la suppuration , qui d'abord était telle qu'elle devait être , s'altère profondément ; le pus , de louable qu'il était , se transforme en une sanie fétide , âcre , ichoreuse ; quelquefois aussi la plaie se dessèche , la cicatrisation ne marche plus , ou même rétrograde ; les chairs changent aussi d'aspect et deviennent pâles et blafardes.

Ces fièvres sont la plupart du temps du type quotidien , quoiqu'elles affectent quelquefois celui de double tierce ; de telle sorte que deux paroxysmes également forts , sont croisés par deux autres plus faibles qui se répondent. Un caractère aussi qui leur appartient essentiellement , c'est la tendance des paroxysmes à se rapprocher et à se confondre, en même temps qu'ils deviennent plus graves et plus intenses. Nous avons déjà dit que la fièvre rémittente des grandes plaies n'était pas entretenue par les accidens locaux de la blessure ; ce qui le prouve encore , c'est qu'elle ne correspond pas , par le degré d'accroissement et de diminution , à ceux de l'affection locale. Cependant , disons-le , il ne faudrait pas conclure de là, que son existence n'ait rien de commun avec celle de la plaie, et qu'elle lui soit absolument étrangère. La commotion violente imprimée au corps excite le système nerveux ; elle augmente son activité, en même temps qu'elle affaiblit et détériore le système entier des forces. C'est dans cette exaltation vive de la sensibilité , jointe à l'exercice irrégulier des facultés vitales , qu'il convient de chercher la cause de la fièvre rémittente qui complique les grandes plaies.

Résumons maintenant , comme nous l'avons déjà fait précédemment , les idées que nous avons émises dans toute cette partie de notre travail. Voici les propositions qui découlent de l'étude que nous venons de faire.

I. Le retour des paroxysmes , dans les fièvres rémittentes , est régulier et périodique : il constitue le type de la fièvre ; celui-ci est le plus souvent quotidien, tierce ou quarte. Le type double quotidien, double tierce, double quarte, etc., appartient en partie au type quotidien, et est en partie le résultat d'une division réellement trop subtile : ce sont les trois premiers qui fournissent seuls des considérations importantes, soit sur la nature de ces fièvres, soit sur le pronostic, soit enfin sur le traitement. La fièvre rémittente quotidienne se rapproche, par ses phénomènes, de la continue muqueuse, et la tierce de la continue bilieuse.

II. La fièvre rémittente peut coïncider avec une affection qui est bien distincte d'elle, mais qui l'influence, *et vice versâ*. C'est le plus souvent l'état inflammatoire, bilieux et nerveux : leur co-existence avec la fièvre rémittente constitue une véritable dualité pathologique, ou un état morbide complexe, formé par deux affections distinctes, qui ont chacune leurs symptômes, leurs causes et leur traitement particulier; mais qui néanmoins s'influencent réciproquement, et se tiennent dans une mutuelle dépendance.

III. A la suite des grandes plaies, quand il y a dénudation considérable, meurtrissure des tissus, quand des parties importantes et délicates sont lésées ; il survient souvent une fièvre rémittente extrêmement grave. Ses symptômes les plus caractéristiques sont l'affection de la tête ; l'assoupissement mêlé de délire pendant le paroxysme, leur tendance à se rapprocher et leur gravité successivement plus grande. C'est encore l'état de la plaie qui devient très-fâcheux ; le caractère de la suppuration qui se détériore ; la marche de la cicatrisation qui est retardée ou qui rétrograde.

Les fièvres rémittentes des blessés ne sont pas entretenues par les accidens locaux de la plaie ; ce qui le prouve, c'est le temps de leur apparition, leurs symptômes, l'influence qu'elles exercent sur les parties blessées, et, enfin, le peu de rapport qui existe entre les degrés d'accroissement ou de diminution dans leurs accidens avec ceux de l'affection locale. Cependant leur existence est liée à celle de la plaie. C'est dans l'exaltation vive de la sensibilité, conséquence de la commotion violente imprimée aux corps par la cause vulnérante, dans l'affaiblissement du système entier des forces, qu'il faut chercher la cause de la fièvre rémittente des blessés.

Nous avons décrit la marche la plus ordinaire de la fièvre rémittente, celle où le retour et la cessation du paroxysme correspondent à des heures fixes, et nous avons même déjà indiqué la plus importante de ces variétés, la tendance quelquefois très-prononcée vers la continuité parfaite. Celle-ci, et nous nous en occuperons à l'instant, n'est cependant pas la seule. Bien souvent, la forme rémittente de la fièvre n'apparaît pas, dès son invasion; quelquefois elle est bien réellement sans rémission et sans véritable paroxysme, de sorte que son diagnostic devient un peu difficile, quoique des yeux exercés la reconnaissent encore à certains signes qui lui sont propres. C'est ainsi, par exemple, qu'un embarras gastrique qui accompagne si souvent la fièvre rémittente, peut nous servir d'indice. L'association de ces deux élémens est même tellement fréquente, que nous avons vu des médecins habiles pronostiquer le développement ultérieur de l'état gastrique, d'après le seul caractère rémittent de la fièvre.

Mais, ce qui doit surtout nous fournir les élémens d'un bon diagnostic, dans le cas où la forme rémittente, à son début, se cache sous une forme continente, ce sont les causes qui ont agi pour produire l'affection : les émanations marécageuses, par exemple, ne donnent guère lieu qu'à des fièvres rémittentes ou intermittentes. En suivant cette loi, il est donc difficile de s'égarer. Quoi qu'il en soit, la saignée est quelquefois le moyen le plus prompt, le plus efficace, pour faire prendre à la fièvre sa véritable forme. Il est à remarquer que, quand elle débute, comme nous venons de le dire, il n'est pas rare de la voir dans la suite se transformer en véritable intermittente; changement heureux, et qui indique, comme celui qui doit nous occuper, les liens étroits qui, au fond, unissent toutes ces affections.

Malheureusement, les transformations de la fièvre rémittente ne sont pas toujours d'un augure aussi favorable. Il n'en est pas ainsi, quand elle dégénère en continente, soit qu'elle débute sous une forme tout-à-fait intermittente pour se transformer successivement, soit qu'elle se montre rémittente dès le principe. Nous l'avons déjà dit, c'est un événement le plus souvent fâcheux, tellement fâcheux, que nous l'avons regardé comme une des conditions qui rendent ces fièvres pernicieuses. Dans ce cas, il est rare que les secours de la médecine soient réellement efficaces. Il faut, le plus souvent, remettre le salut du malade aux ressources de la nature, qui alors malheureusement sont aussi bien bornées. Dès qu'on s'aperçoit de cette funeste tendance à la continuité, il ne faut pas hésiter d'employer les moyens les plus énergiques pour enlever l'affection.

Le pronostic des fièvres rémittentes se tire, ou des circonstances extérieures qui les ont provoquées, de leur plus ou moins d'énergie, de leur action plus ou moins prolongée, ou des conditions individuelles dans lesquelles se trouvait le sujet, au moment de leur invasion et pendant leur cours, ou enfin, de leurs caractères plus ou moins fâcheux, qui se révèlent par leur marche ou leurs symptômes, pris soit isolément, soit en masse.

Plus elles sont franches, simples et dégagées de toute complication, plus elles se rapprochent de la fièvre intermittente, plus aussi le pronostic est favorable ; car, la fièvre rémittente en elle-même, quelque pernicieuse qu'elle soit, ne résiste pas aux moyens que l'art emploie, si toutefois il n'y a pas d'erreur de diagnostic et qu'on ait le temps de s'en servir. La gravité des symptômes, l'appareil effrayant des paroxysmes, loin de décourager le médecin et de lui enlever la confiance dans le secours de son art, doivent l'engager, au contraire, d'en faire un emploi plus prompt et plus énergique. La maladie est grave, un instant de perdu peut décider ici de la vie du sujet. La médication aussi doit être prompte et décisive ; c'est un moyen sûr de succès.

Mais, le pronostic n'est plus aussi favorable, s'il existe quelque complication, soit que celle-ci contre-indique l'emploi des moyens réclamés contre la fièvre rémittente, soit qu'elle entrave la marche de celle-ci, ou qu'elle empire elle-même sous son influence. Dans les maladies chroniques, la fièvre rémittente est quelquefois salutaire ; elle agit alors en changeant la tendance des mouvemens morbides, en remédiant à la distribution vicieuse des forces, en relevant l'énergie vitale, qui, dans ces affections, est bien souvent au-dessous de son type physiologique ; elle agit encore en les décomposant, et en changeant leur constitution élémentaire. C'est là, cependant, une ressource bien précaire, sur laquelle il ne faut nullement compter et qu'il ne faut jamais provoquer ; car, bien souvent aussi elle hâte le terme fatal, en ajoutant un nouveau moyen de destruction à ceux qui existent déjà. Il nous paraît donc que le pronostic d'une fièvre rémittente est beaucoup plus fâcheux, quand elle survient chez des individus valétudinaires, convalescens ou affaiblis par des maladies de long cours, qui sont atteints de quelque affection organique. Elle est redoutable, quand il existe une diathèse tuberculeuse, des engorgemens viscéraux et toute cette série de maladies qu'on désigne généralement et vaguement sous le nom d'obstructions. Il faut encore ranger dans la même catégorie les individus qui sont naturellement faibles et cacochymes, ou dont la constitution s'est détériorée par des excès et un mauvais régime, de longs chagrins, ou par un séjour prolongé dans un endroit malsain et humide.

La fièvre rémittente qui survient chez les femmes enceintes et chez les enfans au moment de la dentition, doit être considérée généralement comme beaucoup plus dangereuse que celle qui survient dans les cas ordinaires.

Nous avons déjà dit qu'un des accidens les plus funestes, est la tendance vers la continuité ; la gravité de la fièvre rémittente est, en général, en rapport avec l'intensité des causes qui l'ont provoquée, et leur action plus ou moins prolongée. Elle est bien plus fâcheuse sous un ciel chaud, un soleil ardent, surtout lorsque l'humidité vient s'y joindre. Dans les pays équatoriaux, elle est très-dangereuse et rapidement mortelle. Il faut remarquer aussi que ce sont les individus qui s'exposent, pour la première fois, à l'action de ces causes, qui courent les plus grands risques; ce qui n'empêche pourtant pas qu'une première attaque de fièvre rémittente ou des attaques répétées, n'ajoutent à sa gravité ou à son opiniâtreté.

La fièvre rémittente peut se terminer par le retour à la santé, soit qu'il arrive spontanément, soit que l'art le provoque, par la mort, et enfin par sa transformation en une autre maladie. Celle qui est simple ou bénigne et mérite réellement ce nom, n'est presque jamais dangereuse; si l'individu est bien constitué et qu'il jouisse, du reste, d'une bonne santé, elle se termine toujours par la cessation des causes qui l'ont provoquée.

Il n'en est pas de même quand elle est compliquée ou qu'elle est d'une nature pernicieuse; bien souvent alors elle amène la mort, soit directement, soit en aggravant la maladie qu'elle complique par sa propre gravité; car, comme nous l'avons déjà dit, la fièvre pernicieuse abandonnée à elle-même ou mal traitée, amène nécessairement une terminaison fatale: la mort survient alors du quatrième au cinquième paroxysme et dans le stade de froid.

Nous avons déjà parlé de la transformation de ces affections, soit en fièvres intermittentes, soit en fièvres continues; nous ne pourrions que répéter ce que nous avons dit précédemment: contentons-nous d'une seule remarque. Autant le premier changement est heureux et à désirer, autant le second est funeste et dangereux.

Les fièvres rémittentes, quand elles se prolongent, laissent ordinairement des suites très-fâcheuses : le plus souvent la constitution se détériore profondément ; les forces s'affaiblissent ; les humeurs se vicient ; les solides s'altèrent et se dépravent. Comme dans les fièvres intermittentes, une de leurs suites les plus fréquentes est l'engorgement, l'induration des viscères abdominaux, du foie et surtout de la rate : les hydropisies, la jaunisse, etc., ne sont que des effets secondaires de celle-ci. Si l'individu est prédisposé à quelque affection organique, une atteinte de fièvre rémittente hâte ce développement et en est comme la cause occasionelle ; bien souvent c'est elle qui forme le départ d'une phthisie pulmonaire.

Une autre suite très-fréquente de cette fièvre, est une prédisposition de toute l'économie, qui se dévoile, soit par le trouble des actes organiques, par une extrême maigreur, une résolution fatale des forces, soit par une affection scorbutique qui très-souvent amène la mort des malades.

Résumons maintenant cette partie de notre étude de la fièvre rémittente.

Cette affection peut débuter sous trois formes différentes : d'abord, sous celle d'une fièvre continue, qui plus tard devient rémittente ; elle peut se montrer sous la forme intermittente ; elle apparaît enfin de prime-abord, sous son véritable aspect, c'est-à-dire, avec des rémittences et des paroxysmes bien prononcés ; et, dans ce dernier cas, elle peut aussi rester telle pendant toute sa durée, ou se transformer à son tour comme la précédente.

C'est toujours d'un bon augure quand la fièvre rémittente prend la forme intermittente ; on a, au contraire, tout à craindre, lorsqu'elle se change en continue.

Le pronostic de ces affections est basé d'abord sur les circonstance extérieures qui les ont provoquées, leur caractère, leur intensité, la durée de leur action, sur les conditions individuelles du sujet qui en est atteint, et enfin sur le caractère plus ou moins fâcheux de la maladie elle-même, caractère qui se révèle par l'ensemble de ses symptômes.

Plus elle est simple et franche, moins aussi elle est dangereuse. La fièvre rémittente en elle-même, quelle que soit sa gravité, ne résiste pas aux agens thérapeutiques convenablement administrés.

Le pronostic est moins favorable, quand il existe quelques complications. Quoique, dans les affections chroniques, elle soit quelquefois suivie des effets les plus heureux, il ne faut pas cependant compter sur elle dans de pareilles circonstances; ou plutôt il faut la redouter, car bien souvent elle donne lieu à des accidens funestes, ajoute à la gravité de l'affection déjà existante, et en hâte les effets.

Il faut la craindre chez les individus valétudinaires, convalescens; chez ceux qui sont naturellement faibles; chez les femmes enceintes; chez les enfans, à l'époque de la dentition.

La fièvre rémittente est plus grave dans les climats chauds, sous un soleil brûlant, surtout quand l'humidité vient se joindre à la chaleur, et chez les individus qui ne sont pas habitués à une pareille constitution atmosphérique, et qui se trouvent, pour la première fois, sous l'influence provocatrice de la fièvre; elle acquiert de même plus de gravité et devient plus opiniâtre chez ceux qui en ont été atteints déjà plusieurs fois.

La fièvre rémittente peut se terminer par le retour à la santé, par la mort, ou son changement en une autre maladie. Quand elle est simple et bénigne, et qu'elle survient d'ailleurs chez un individu bien constitué, elle n'est jamais mortelle; très-souvent elle se termine d'elle-même, et sans qu'il soit besoin d'employer des remèdes, ou du moins elle cède à ces derniers.

Quand elle est compliquée et pernicieuse, elle est, au contraire, très-souvent mortelle. La mort a lieu, le plus souvent, pendant le quatrième ou le cinquième paroxysme, dans le stade de froid.

Les fièvres rémittentes qui se prolongent, ont ordinairement des suites très-fâcheuses: la constitution se détériore, les forces s'affaiblissent, les liquides et les solides se vicient et dégénèrent; l'engorgement, l'induration des viscères abdominaux, du foie et de la rate, l'hydropisie, la jaunisse, une cachexie générale, des affections scorbutiques en sont les suites les plus communes.

Nous croyons devoir borner ici notre exposition de la fièvre rémittente: notre intention était d'en étudier surtout la partie symptomatologique, persuadé que c'est de là que découlent la plupart des indications que le médecin doit remplir. La connaissance des circonstances sous l'empire desquelles elle se développe, est intéressante et peut fournir des considérations utiles. Cependant elles sont peu connues encore, du moins dans l'intimité de l'action qu'elles exercent et des modifications organiques qu'elles déterminent. Leur énumération pure et simple serait fastidieuse et d'aucune utilité ; une étude plus approfondie de ces agens exigerait de grands développemens, qui dépasseraient de beaucoup le cadre de notre travail ; il en est de même de la partie thérapeutique de cette affection.

Nous terminerons par une dernière question, et nous la résoudrons sous forme de proposition, quoiqu'elle soit peut-être assez importante pour exiger à elle seule une longue étude.

Dans quels cas les fièvres rémittentes se rattachent-elles aux fièvres intermittentes ; dans quels cas se rattachent-elles aux fièvres continues?

La fièvre intermittente, dans sa pureté, est caractérisée par une prédominance, ou même par l'existence isolée d'un élément nerveux spécial, l'élément périodique.

Les fièvres continues ont plus de rapport avec l'état inflammatoire gastrique, etc. Il est rare qu'elles en soient exemptes.

Or, il nous semble que la fièvre rémittente se rapproche d'autant plus de la première, qu'elle est plus pure, plus franche et plus légitime ; que le caractère nerveux y est dominant, et qu'elle est exempte de complications ; tandis que, au contraire, elle se rapproche des fièvres continues par la présence d'un élément inflammatoire, bilieux, muqueux, etc. ; état qui altère plus ou moins sa pureté primitive.

F I N.

FACULTÉ DE MÉDECINE
DE MONTPELLIER.

Professeurs.

MM. CAIZERGUES, Doyen.	Clinique médicale.
BROUSSONNET, Suppléant.	Clinique médicale.
LORDAT.	Physiologie.
DELILE.	Botanique.
LALLEMAND.	Clinique chirurgicale.
DUPORTAL.	Chimie médicale.
DUBRUEIL.	Anatomie.
DELMAS.	Accouchemens, Maladies des femmes et des enfans.
GOLFIN.	Thérapeutique et Matière médicale.
RIBES.	Hygiène.
RECH.	Pathologie médicale.
SERRE.	Clinique chirurgicale.
BÉRARD, Président.	Chimie générale et Toxicologie.
RENÉ.	Médecine légale.
RISUENO D'AMADOR.	Pathologie et Thérapeutique générales.
. . . .	Pathologie chirurgicale.
ESTOR, Examinateur.	Opérations et Appareils.

Professeur honoraire : M. Aug.-Pyr. DE CANDOLLE.

Agrégés en exercice.

MM. VIGUIER, Suppléant.	MM. FAGES.
KÜHNHOLTZ.	BATIGNE.
BERTIN.	POURCHÉ
BROUSSONNET fils.	BERTRAND.
TOUCHY, Examinateur.	POUZIN.
DELMAS fils.	SAISSET.
VAILHÉ.	. . . . .
BOURQUENOD, Examinateur.